ATTENTION !

Afin de respecter l'œuvre,
ce volume est présenté dans
son sens de lecture original.
Vous êtes ici à la fin du volume.
Commencez par la dernière
page et lisez les bulles
de droite à gauche.

SCÉNARIO ET DESSIN
NANA HARUTA

TRADUCTION
ALICE LACROIX

LETTRAGE
MONICA ROSSI

Directeur de l'édition française
ALAIN GUERRINI
Comité de direction
A. GUERRINI
H. FUMET
S. DALLAIN
Directeur délégué
SÉBASTIEN DALLAIN
Directeur éditorial européen
MARCO M. LUPOI
Responsable éditorial
WALTER DE MARCHI
Responsable marketing opérationnel
MARJORIE TODRANI
Chef des ventes
GUILLAUME COUÉ
Coordinatrice commerciale
VALÉRIE BRYNDZA
Contrôleur de gestion
JÉRÔME TASSEL
Communication et relations presse
SOPHIE CONY
Coordinateurs éditoriaux
MATTEO LOSSO, ANNA RODELLA
Supervision
LAETITIA SAMMARTINO
Rédaction
VÉRONIQUE PARRA, SANDRINE VAUBOIS
Rédacteur
MATTIA DAL CORNO
Directeur artistique
MARIO CORTICELLI
Conceptrice graphique
SABRINA PIU
Maquettiste
GERARDO CALIFANO
Responsable production
ALESSANDRO NALLI
Avec la collaboration de
J. BAGLIO, A. JODKOWSKI, MPG
et de toute l'équipe de Panini.

CHOCOLATE COSMOS 4
ISBN : 978-2-8094-2027-2

Un ouvrage PANINI MANGA / PANINI FRANCE S.A.

Commercialisation et relations média :
PANINI FRANCE S.A.
Z.I. SECTEUR D - B.P. 62
06702 SAINT-LAURENT-DU-VAR CEDEX
www.paninimanga.fr
presse-bd@panini.fr
Tél. 04 92 12 57 57
Fax 04 92 12 57 58

MOMO - LA PETITE DIABLESSE

Mayu Sakai

Série en 7 volumes

Déjà écrasée par les soucis, **Yume** a maintenant la responsabilité de protéger la Terre. Grâce à qui ? Grâce à **Momo** ! Pour remercier la jeune fille de lui avoir sauvé la vie, la petite diablesse lui offre l'opportunité de préserver sa planète de la destruction. Pour cela, Yume dispose de deux ans pour donner à Momo sept bonnes raisons de ne pas accomplir sa mission. Le sablier du temps est retourné, au dernier grain tombé, la Terre sera sauvée ou condamnée.

SHOJO

REMERCIEMENTS
SPÉCIAUX

N. Saki
M. Umezawa
Y. Uehara
Sayoshi
Y. Furukawa
A. Sakura
Y. Mashima
C. Miyagawa
K. Gonda

J. Tomishige

ET VOUS !
MERCI DE
M'AVOIR LUE.

OCTOBRE 2008 NANA HARUTA

QUE JE VOUS EXPLIQUE : POUR VOUS REMERCIER DE VOTRE FIDÉLITÉ, J'AI DÉCIDÉ DE VOUS OFFRIR DES CARTONS ILLUSTRÉS SIGNÉS. (CE N'EST PAS GRAND-CHOSE, MAIS BON...) (_ _;)

IL Y EN A 2 DE SAYUKI, 2 DE MONSIEUR HAGIWARA, 2 DE YÛSHI, SOIT 6 AU TOTAL. IL Y AURA 6 GAGNANTS !

1-NOM
2-ÂGE
3-ADRESSE
4-LE CARTON QUI VOUS INTÉRESSE
5-UN PETIT MOT DE VOTRE PART SI VOUS VOULEZ.

← REMPLISSEZ UNE CARTE COMME INDIQUÉ À GAUCHE ET ENVOYEZ-LA À L'ADRESSE SUIVANTE.
T119-0161
KANDA YÛBINKOKU
SHÛEISHA RIBON
NANA HARUTA, OPÉRATION CONCOURS SHIKISHI

CE N'EST PAS GRAVE SI VOUS ENVOYEZ UNE LETTRE, MAIS UNE CARTE, C'EST MIEUX !

POUR TOUS CEUX QUI N'AURONT PAS GAGNÉ L'UN DES 6 CARTONS, JE PRÉVOIS UNE TOURNÉE DE REMERCIEMENT EN PLEIN HIVER.

VOUS AVEZ JUSQU'AU 14 DÉCEMBRE 2008 !

JE DOIS AUSSI PRÉPARER MA TOURNÉE... (- -);
SI VOUS LISEZ CECI TROP TARD, JE SUIS NAVRÉE...

J'ATTENDS TOUTES VOS CANDIDATURES !

LES INFORMATIONS QUE VOUS NOUS ENVERREZ RESTERONT STRICTEMENT PERSONNELLES ET NE SERVIRONT QU'AU CONCOURS.

OPÉRATION REMERCIEMENT DE CHOCOLATE COSMOS !
AGNEZ DES CARTONS DÉDICACÉS !

VIVE CHOCOLATE COSMOS ! ♥
CE QUI M'A FAIT TRÈS PLAISIR
NOUS MANGIONS TOUS ENSEMBLE...
... ET NOUS PARLIONS DE NOS ANIMAUX DOMESTIQUES.
QUAND MON CHIEN ÉTAIT PETIT, IL MORDILLAIT TERRIBLEMENT !
CRUC
J'ADORE LES CHIENS
MOI
S'IL EST ENCORE COMME ÇA DANS "MAINTES ANNÉES", JE SERAI TRÈS DÉÇUE...
APRÈS ÇA, HARUTA ÉTAIT EFFONDRÉE.
NANA ! MAIS QU'EST-CE QUE TU AS ?
AH HA HA !
あははは
LES LARMES AUX YEUX...
MAINTES ANNÉES ? C'EST TROP DRÔLE !
EXCELLENT ! JE L'AI FAIT RIRE !
LE VOEU LE PLUS CHER DES GROUPES SANGUIN B, C'EST DE FAIRE RIRE !
B
J'AI TROUVÉ CETTE FORMULATION DE SAYOSHI HILARANTE. JE NE PENSE PAS AVOIR UN SENS DE L'HUMOUR BIZARRE... HARUTA
NANA ! FÉLICITATIONS POUR LE FEUILLETON DE CHOCOLATE COSMOS ! J'AI ÉTÉ EXTRÊMEMENT HEUREUSE DE POUVOIR VOUS AIDER À RÉALISER CETTE SÉRIE ! ♥ CETTE PÉRIODE EN TANT QU'ASSISTANTE A ÉTÉ UNE EXPÉRIENCE ENRICHISSANTE. PARMI TOUTES LES CHOSES INOUBLIABLES QUE J'AI EXPÉRIMENTÉES, IL M'EN RESTAIT JUSTE UNE À FAIRE : RÉALISER CE COMICS EN 4 CASES... DÉSOLÉE, ÇA N'A PAS TELLEMENT DE SENS ! MAIS J'ÉTAIS RAVIE ! POUR TA NOUVELLE SÉRIE, PRENDS BIEN SOIN DE TOI. J'ATTENDS ÇA AVEC HÂTE !
SAYOSHI.
MERCI DE M'AVOIR RÉSERVÉ UNE PAGE !

COUCOU ! C'EST HARUTA ! C'EST LA FIN DU VOLUME, MAIS BONJOUR QUAND MÊME !
AVEZ-VOUS APPRÉCIÉ LE HORS SÉRIE ?
MES ASSISTANTES ONT TROUVÉ KAJI VRAIMENT TROP INSENSIBLE ET ÉTAIENT TOUTES TRISTES POUR CE PAUVRE YÛSHI.
OUH, HOU, HOU ! C'EST VRAI...
MAIS C'EST AMUSANT, LES INÉDITS EN COULEUR ET NOIR ET BLANC FONT LA PART BELLE À YÛSHI !
CE N'EST PAS EXPRÈS. POUR TOUS CEUX QUI AURAIENT VOULU VOIR PLUS DE MONSIEUR HAGIWARA, DÉSOLÉE.
CLAIREMENT...
À PART ÇA, CETTE FOIS-CI, J'AI OBTENU DE SAYOSHI, UN AUTRE AUTEUR DE MARGARET QU'ELLE SOIT MON INVITÉE SPÉCIALE.
ELLE M'A AIDÉE TOUS LES MOIS POUR DESSINER CHOCOLATE COSMOS.
MERCI POUR TOUT, SAYOSHI !
LA MOITIÉ DE CHOCOCOSMOS A PU ÊTRE RÉALISÉE GRÂCE À LA GENTILLESSE DE CEUX QUI M'ONT AIDÉE !!
MERCI LE DOLIPRXN ♥ !
JUSTE À LA FIN DU VOLUME, JE FAIS UNE OPÉRATION CADEAU, ALORS NE LA MANQUEZ PAS !
GO

UN PETIT COMMENTAIRE DE MES AS-SISTANTES À LA RÉPLIQUE : « DÉSOLÉ, MAIS C'EST PAS MON TRUC DE PASSER TOUT MON TEMPS AVEC DES FILLES QUE JE NE CONNAIS PAS !! »
EH BEN, S'IL EST CAPABLE DE RESTER AUSSI STOÏQUE À SON ÂGE...
... À L'UNIVERSITÉ, IL VA ÊTRE OBLIGÉ D'ALLER AUX RÉUNIONS AMICALES POUR SE TROUVER UNE COPINE.
TROP RÉEL...

ÉVIDEMMENT !
MF !
HEIN ?
TROP MIGNONNE CETTE PETITE !!
AINSI SE TERMINE CE 5 MAI.
AH ! AU FAIT ! JOYEUX ANNIVERSAIRE !
TU PARLES ! C'EST TROP TARD !
FIN

HUM...
DITES, VOUS ÊTES SORTI AVEC COMBIEN DE FILLES AVANT MOI ?
QUOI ? POURQUOI CETTE QUESTION ?
À LE VOIR, C'EST CLAIR QU'IL EST TRÈS HABITUÉ AUX FILLES !
BON, N'OUBLIE PAS QUE J'AI VÉCU PAS MAL DE TEMPS AVANT DE TE RENCONTRER...
JE NE ME SUIS JAMAIS POSÉ LA QUESTION...
JE NE VEUX PAS LE SAVOIR !
C'EST BON ! OUBLIEZ !
MAIS DIS ! TU M'ADORES VRAIMENT, TOI !
AH HAAAAAAA...
OREILLES BOUCHÉES !

IL FALLAIT ATTENDRE LE HORS SÉRIE POUR SORTIR CETTE SUPERBE RÉPLIQUE...
JE NE VEUX PLUS VOUS VOIR !
JE RENTRE !
OH, SOIS SYMPA, YÛSHI ! C'EST JUSTE UN PEU D'AMOUR VACHE...
C'EST PAS MÉCHANT !
MAIS NOON !
SI, C'EST MÉCHANT !
ET PENDANT CE TEMPS, SAYUKI ET MONSIEUR HAGIWARA...
ZAAF

DÉSOLÉ, MAIS C'EST PAS MON TRUC DE PASSER TOUT MON TEMPS AVEC DES FILLES QUE JE NE CONNAIS PAS !
YÛSHI...

C'EST PARCE QUE C'ÉTAIT MONSIEUR HAGIWARA QUE ÇA LUI A FAIT PLAISIR !
SÛR !
DE LA PART DE YÛSHI, ÇA NE LE FAIT PAS DU TOUT !
VOUS LE FAITES EXPRÈS ?! COMME TOUT À L'HEURE !
VOUS VOULEZ QUE JE RENTRE, C'EST ÇA ?!
FINALEMENT, LA CONCLUSION, C'EST QUE ÇA N'AURAIT JAMAIS MARCHÉ ENTRE VOUS, ON PEUT DIRE…
AH BEN ÇA…
TU ES SURPRENANT, KAJI !
ALLEZ ! UN AMOUR DE PERDU, DIX DE RETROUVÉS !
SI ON FAISAIT DES SORTIES EN GROUPE, YÛSHI ?
HEEEEIN ?!
PAS QUESTION !
LAISSE TOMBER..
AH BON, TU TROUVES ? EN QUOI ?
GLP
MAIS POURQUOI ? TU TROUVERAS PEUT-ÊTRE TOUT DE SUITE UNE COPINE !
JE N'AIME PAS ÇA, C'EST TOUT !

BON, ALORS DIS-MOI CE QUE TU VEUX POUR TON ANNIVERSAIRE ?
MMH... DES BOUCLES D'OREILLES PEUT-ÊTRE...
MES PARENTS REFUSENT DE M'EN OFFRIR...
D'ACCORD ! TU VEUX CELLE-LÀ ?
NON MERCI...
C'EST PAS HYGIÉNIQUE !

MAIS AÏEUH !!
...
MOI, JE CROIS QUE LE DÉCLENCHEUR, C'ÉTAIT PARCE QUE C'ÉTAIT UN PROF !
CLAIR !
AVEC YÛSHI, ÇA N'AURAIT RIEN DONNÉ.
AH, ET AUSSI, POUR L'ANNIVERSAIRE DE SAYUKI !
TU VEUX PARLER DE LA CANETTE DE CACAO ?
UN CACAO N'A JAMAIS FAIT NAÎTRE L'AMOUR !
ÇA SUFFIT DE PARLER DE ÇA !
AUJOURD'HUI, C'EST MON ANNIVERSAIRE, SÉRIEUX !
IL AURAIT MIEUX FAIT DE LUI OFFRIR UNE BOUCLE D'OREILLE, COMME M'SIEUR HAGI !
VOUS ALLEZ ARRÊTER DE ME ZAPPER ?

*BANANES CHOCOLAT **LES MOUETTES ***LES MONTS-BLANCS

BEN !
C'ÉTAIT POURTANT SPIRITUEL, CE QUE J'AI DIT !
ALORS LÀ, PAS DU TOUT...
BOF, C'EST PAS GRAVE...
INUTILE DE TOURNER AUTOUR DU POT...
ALLEZ, HAUTS LES CŒURS, YÛSHI !
AUJOURD'HUI, C'EST MOI QUI T'OFFRE LE REPAS ! CHOISIS CE QUE TU VEUX.
EN TANT QUE TROISIÈME ANNÉE...
MERCI !
TU ES SÛRE ?
BON, ALORS SI ON PROFITAIT DE CE REPAS POUR IMAGINER COMMENT ÇA AURAIT PU MARCHER ENTRE YÛSHI ET SAKURAI ?
MAIS QU'EST-CE QUE TU ES LOURD !!
POURQUOI TU INSISTES POUR RAMENER ÇA SUR LA TABLE ? C'EST TOTALEMENT VAIN !

Chocolate Cosmos
HORS SÉRIE
EN CE FAMEUX JOUR DU 5 MAI...
Saizeria
OH, LÀ, LÀ ! ÇA A ÉTÉ UN MATCH DE FOLIE !
OUI, ET QUEL RETOURNEMENT À LA FIN ! VAS-Y QUE JE T'EMBROUILLE !
POURTANT JUSQU'À LA NEUVIÈME REPRISE, ON AURAIT CRU QU'ILS POUVAIENT GAGNER.
CLAIR !
C'ÉTAIT UN PEU COMME L'HISTOIRE DE YÛSHI, UN AMOUR AUTREFOIS PARTAGÉ, TOUT ÇA POUR SE FAIRE LOURDER À LA FIN...
SHEEN
L———h...
MENU

« À PARTIR DES PAGES SUIVANTES, VOUS ALLEZ POUVOIR LIRE UN SUPPLÉMENT INÉDIT. »
« BON, LE CONTENU DE CE MANGA EST ASSEZ LÉGER, ET JE M'EXCUSE D'AVANCE SI CE TOUT DERNIER CHAPITRE CASSE L'AMBIANCE ! »
ANTI-SÈCHE
BON, MOI, ÇA M'EST ÉGAL. JE N'APPARAIS NI DANS LE SUPPLÉMENT NI DANS LE DERNIER CHAPITRE, ALORS...
GO

... MON LOT EST D'ÊTRE MALMENÉE PAR VOUS !!
BONNE RÉPONSE !
TU AS TRÈS BIEN TRA-VAILLÉ !
FIN

NON, RIEN...
HEEEIN ? QU'EST-CE QUE TU AS ?
J'AI ENFIN COMPRIS, PROFES-SEUR !
EN AOÛT DERNIER, JE SUIS TOMBÉE AMOUREUSE DE VOUS, ET AUJOUR-D'HUI...
... ET ENCORE POUR LE RESTE DE MES JOURS...

ÇA A
UN GOÛT DE
CHOCOLAT !
...
UN PRO-
BLÈME ?

ROLL
JE ME DEMANDE SI JE VAIS TENIR LE COUP…
AH ! JE PEUX AUSSI AVOIR UN BONBON ?
MUNCH
ALORS QUE VOUS LES AVEZ REFUSÉS…
… AVANT ?

SI ON POUVAIT REVENIR À CE FAMEUX JOUR...
... JE TE TROUVERAIS TOUJOURS LA PLUS CRA-QUANTE !!
ET TOC ! ÇA T'APPRENDRA À RÉTOR-QUER !
GNRK
OUH...

... QUE JE L'AI RENCONTRÉ.
PAS DE CHANCE ! SI TU AVAIS RENCONTRÉ UN GARÇON PLUS JEUNE, TU AURAIS PU AVOIR UNE JEUNESSE PLUS SIMPLE !
IL ME CHARRIE, LÀ !
AH OUI ? ET VOUS, ÇA N'AURAIT PAS ÉTÉ PLUS SIMPLE DE RENCONTRER UNE FEMME DE VOTRE ÂGE PLUTÔT QUE DE FRICOTER AVEC UNE ÉLÈVE ?
CONTRE-ATTAQUE !
C'EST SÛR...
EN PLUS JE PRÉFÈRE LES FEMMES PLUS ÂGÉES...
TAP
MAIS NON, JE PLAISANTE !
C'EST PAS GRAVE !

ON DESCEND SUR LA PLAGE ?
C'EST BIEN LÀ QUE VOUS VENDIEZ DES BANANES ?
POUR REMPLACER VOTRE PÈRE.
OH, ÇA, C'EST JUSTE QU'ON M'AVAIT DRAGUÉE ET…
OUI, ET TU ÉTAIS AVEC DE DRÔLES DE ZIGOTOS.
AH, MAIS C'EST VRAI QUE J'ÉTAIS VENUE POUR TROUVER L'AMOUR…
ET C'EST LÀ…

OOOOOH ! QU'EST-CE QUE C'EST BEAU !!
LE COUCHER DE SOLEIL !
LE JOUR ET LA NUIT !
HEIN ?
MAIS, CETTE PLAGE...

QUAN JE PEN QU'ON SORT ENSEMBLE...
... ET QUE JE SUIS LAMENTABLE !
OUH OUH
...
OUH SNF
SAYUKI !
REGARDE OÙ ON EST !

JE SUIS NULLE...
JE SUIS LA PLUS NULLE DES COPINES !
VROUUM
MAINTENANT, IL PENSE...
... QUE NON SEULEMENT J'AI ÉTÉ SUPER EN RETARD...
... MAIS QU'EN PLUS J'ÉTAIS AVEC UN AUTRE GARÇON JUSTE AVANT !
UNE FILLE VOLAGE !
SQUISH
GARGL- !
ON Y EST !
MAIS POURQUOI TU PLEURES ?!
JE NE SUIS PAS EN COLÈRE, HEIN ?!
MÊME SI ÇA M'A UN PEU REFROIDI, MAIS BON...
OUH !
C'EST PAS ÇA...
OUH !

TU L'AS VU AUJOUR-D'HUI ?
MAIS QUELLE IDIOTE !
EUH...
J'ÉTAIS UN PEU OBLIGÉE ET...
JUSTE TOUS LES DEUX ?
...
EUH... EN TERMES SIMPLES, OUI, MAIS...
MMMH...
AH ! VOUS AVEZ FAIM ?
UN BON-BON ?
NON MERCI !

KA...
KA...
...
ARGH !
JE NE PEUX PAS ! ÇA ME FAIT TROP BIZARRE !!
OUH, HOU !
TROP DRÔLE...
C'EST EMBÊTANT !
CE N'EST QU'UNE QUESTION DE TEMPS QU'ON SE FASSE PRENDRE !
MÉGA SADIQUE
OH, NON !
ÇA NE RISQUE PAS D'ARRIVER !
YÛSHI VA CONTINUER À JOUER LES FAUX PETITS AMIS !
C'EST UNE COUVERTURE PARFAITE !
PFF... VU LA SITUATION ACTUELLE, J'EN DOUTE !
MAIS QUEL ENQUIQUINEUR !
MAIS SI !
IL VIENT DE ME DIRE QU'IL ACCEPTAIT, JUSTE LÀ !
JUSTE LÀ ?

EN VOITURE ?!
JE ME SUIS DIT QUE CE SERAIT DANGEREUX POUR NOUS D'ÊTRE VUS ENSEMBLE DANS LES TRANSPORTS PUBLICS.
OUH... JE ME SENS TENDUE...
BON, MÊME SI TU NE T'ES PAS GÊNÉE POUR CRIER : « PROFESSEUR » DEVANT TOUT LE MONDE !
はっ
OUAH !
OH, PARDON, J'ÉTAIS...
MAIS À PART MONSIEUR, JE N'AI PAS D'AUTRE MOYEN...
TU N'AS QU'À M'APPELER PAR MON PRÉNOM ET ME TUTOYER !
TU LE CONNAIS, NON ?
BIEN SÛR !
BON, ALORS VAS-Y !
DIS-LE !
HEIN ?!
LÀ ?!

PLUF
C'EST PAS GRAVE.
TOUT CE QUI COMPTE, C'EST QUE TU AILLES BIEN !
TROP GENTIL...
BON...
SI ON Y ALLAIT ?
HÉ ! LA GARE EST PAR LÀ !
NON, NON ! ON VA PAR LÀ.
ON NE PREND PAS LE TRAIN.
HEIN ?
え？

HUF
LA CIRCULATION A ÉTÉ INTERROMPUE SUR LA LIGNE À CAUSE DE LA PLUIE ET...
HUF
HUF
HUF
HUF
C'EST BON !
CALME-TOI !
JE CROIS QUE J'AI SAISI.
TU AS L'HEURE, LÀ ?
L'HEURE ?
15 HEURES PASSÉES !
HURGH !!
2 HEURES DE RETARD !
PFFF...
J'AI CRU QUE TU AVAIS EU UN ACCIDENT...
TU NE RÉPONDAIS PAS AU TÉLÉPHONE, J'ÉTAIS MORT D'INQUIÉTUDE !
QUOI ?
TU AS OUBLIÉ TON PORTABLE ?
GULP
SNRF
PARDON...

...
TAP
MON-SIEUUUR !
TAP
TAP
PROFESSEUUUUUR !!!
SA-KUR...
PARDON POUR CE RETARD !!
BLAF

FRSH
ゴソゴソ
FRSH
HEIN ?
BLAFF
CANDY
...
OH NOOON...
JE L'AI OUBLIÉ...
PAS LE CHOIX...
... DE TOUTE MANIÈRE, IL N'Y A PAS DE TRAIN. JE DOIS RETOURNER À LA MAISON ET...
OUAH ! MAIS SANS TRAIN, IMPOSSIBLE DE RENTRER !!
GARE DE RENDEZ-VOUS
LIGNE HARUTA
LIGNE NANAGO
GARE ACTUELLE
GARE DE MOYORI (MAISON)
ZAAM
Ô PROFES-SEUUUUR !!!
OUAAH !

Suite à de fortes pluies...
... la circulation sur les lignes Haruta, et Nanago est suspendue...
... aucune reprise du trafic n'est prévue pour l'instant.
Nous sommes navrés de la gêne occasionnée.
HEEEEEEEEEEEEEIN ?!!
C'est pas possible !
Comment je vais faire pour aller à mon rendez-vous sans train ?!
Comment je suis censée faire ?!
Bon, d'abord le prévenir...
Mon portable... où est mon portable...
CLONG
CLONG

ZAAAF
OUAAAAH !
IL PLEUT DES CORDES !
C'EST FOU CE QU'IL Y EN A SOUVENT...
... DE CES PLUIES EN CE MOMENT...
DANS MON MALHEUR, J'AI DE LA CHANCE D'AVOIR ÉTÉ DANS LE TRAIN PENDANT L'AVERSE...
MAIS FINALEMENT, C'EST TRÈS BIEN COMME ÇA. DU COUP, ON SERA AU CALME POUR SE RETROUVER AVEC MONSIEUR HAGIWARA.
EHM...
ICI, JE SUIS CENSÉE CHANGER POUR LA LIGNE HARUTA...
JE RÉPÈTE !

ADIEU !
ポツ
PLIC
PLIC
ポツ
ポツ
PLIC
PLIC
ポツ

ALLEZ ! N'AIE PAS PEUR ! PUISQU'ON N'A PAS LE CHOIX, JE VAIS CONTINUER À JOUER LES FAUX PETITS AMIS.
ALLEZ, À PLUS !

9

C'EST MA TOUTE DERNIÈRE COLONNE. J'ATTENDS VOS COMMENTAIRES ET VOS OPINIONS.

↓

T 119-0161
KANDA
YÛBINKYOKU
SHÛEISHA,
RIBON
NANA HARUTA

PFFF... ALORS !
QU'EST-CE QUE TU ATTENDS POUR Y ALLER ?!
SI TU CROIS QUE ÇA ME FAIT PLAISIR TES REMERCIEMENTS ?
ÇA NE CHANGE RIEN AU FAIT QUE TU M'AS MIS UN RÂTEAU !
ALLEZ ! PARS RETROUVER TON VIEUX BEAU !!

CES SOU-VENIRS DOULOU-REUX...
... M'ONT PEUT-ÊTRE...
... SER-VIE...
HÉ...
MERCI !
... JE NE PEUX PAS LE NIER.
MA VOIX...
... ME SEMBLE SI ÉTRANGE...

ET TOI, TU M'AS COMPLÈTEMENT IGNORÉE !
ARRÊTE AVEC ÇA !
JE T'AI DÉJÀ EXPLIQUÉ !
HA ! TU PARLES D'UNE EXPLICATION !
CHTING
C'EST DINGUE CE QUE TU ES RANCUNIÈRE !!
TU M'ÉNERVES AVEC TES DÉBILITÉS, TU SAIS ?!
BEN ÇA MONTRE À QUEL POINT TU M'AS BLESSÉE !
EN PLUS, QUAND JE SUIS VENUE TE PARLER EN ENTRANT AU LYCÉE, TU M'AS RÉPONDU DU GENRE : « QU'EST-CE QU'ELLE ME VEUT CELLE-LÀ ? » !
NORMAL, AVANT, J'ÉTAIS UN COLLÉGIEN COINCÉ, ET MAINTENANT JE SUIS ADULTE !
UN ADULTE ? QUI ÇA ? OÙ ÇA ?!
TU ME FAIS TOURNER EN BOURRIQUE ! JE ME DEMANDE CE QUI M'A PRIS DE TE DIRE QUE JE T'AIMAIS ?!
ALORS, LÀ, D'ACCORD ! TOI, M'AIMER ? C'EST DE LA SCIENCE-FICTION !
HUF
HUF
HUF
HUF
HUF
... MAIS FINALEMENT...

J'ÉTAIS AMOUREUSE DE TOI.
TU TE RAPPELLES ? ON ÉTAIT TOUJOURS ENSEMBLE DANS NOTRE ENFANCE.
MAIS EN GRANDISSANT, NOTRE ENVIRONNEMENT A CHANGÉ.
JE NE POUVAIS PLUS TE PARLER SANS AVOIR UNE CHOSE À TE DEMANDER.
C'EST POUR ÇA QUE J'ÉTAIS RAVIE DE TE RENDRE TA GOMME.
PARCE QUE C'ÉTAIT UNE OCCASION DE TE PARLER.

CES SOUVENIRS AUXQUELS JE REFUSE DE PENSER...
... QUE JE REFUSE DE ME REMÉMORER...
... JE LES AI ENFOUIS AU FOND DE MON COEUR...
C'EST POUR ÇA...
... QUE JE DOIS ARRÊTER DE FEINDRE DE NE PAS LES VOIR.
MAIS CE N'EST PAS COMME ÇA QUE JE POURRAI ALLER DE L'AVANT.
JE...

PARCE QUE C'EST MONSIEUR HAGIWARA QUE J'AIME !
... PF, JE LE SAIS ÇA...
BON, ALORS QUOI ?
TU ES JUSTE VENUE POUR LE DÉCORUM, C'EST ÇA ?
MAIS NON !
JE VOULAIS QU'ON SE PARLE FRAN-CHEMENT.

QU'EST-CE QUE TU FAIS LÀ ?
DE QUOI ?!
AH... NON, NON !
JE SAIS BIEN QUE C'EST MOI QUI T'AI DIT DE VENIR !
JE SAIS BIEN QUE JE L'AI DIT, MAIS BON !
J'ÉTAIS CERTAIN...
... QUE... ENFIN... QUE TU NE LE FERAIS PAS...
MOI NON PLUS, JE NE PENSAIS PAS VENIR...

QU...

HÉ,
GRAND
BÊTA!!

TOUS LES MEMBRES DE L'ASSOCIATION SE RÉUNISSENT POUR FÊTER TON ANNIVERSAIRE...
... TU ES CONTENT, YÛSHI ?
OUI...
MAIS TU SERAS QUAND MÊME À LA MAISON CE SOIR, HEIN ?
JE VAIS TE FAIRE UN GÂTEAU, COMME ÇA ON POURRA SOUFFLER LES BOUGIES ENSEMBLE ! ♪
MAMAN VA FAIRE DE SON MIEUX !
... BON, J'Y VAIS !
PFF... DES BOUGIES...
JE SUIS AU LYCÉE QUAND MÊME !
8
JE VOUS PRÉSENTE L'HÉROÏNE DE MA PROCHAINE SÉRIE ! JE VAIS M'APPLIQUER AVEC ELLE.
JE SERAIS RAVIE QUE VOUS ME LISIEZ. TERRIBLEMENT !
(>_<)
JE COMPTE SUR VOUS !

« J'AI L'IMPRESSION QUE TU REFUSES D'Y PENSER ! »
« NI AUX SENTIMENTS DE YÛSHI...
« ... NI AUX TIENS ! »
JE LE SAIS BIEN... JE NE PEUX PLUS FAIRE SEMBLANT DE NE PAS VOIR...
... JE DOIS METTRE FIN À TOUT ÇA !

7

ATTENTION ! DANS UN SENS, JE VAIS DÉVOILER MON HISTOIRE ! DANS MA TÊTE, LA RELATION ENTRE SAYUKI ET YÛSHI EST UNE SORTE "D'AMOUR STÉRILE". ILS S'AIMENT, MAIS SONT INCAPABLES DE SE SUPPORTER MUTUELLEMENT. JE PENSE QUE SORTIR ENSEMBLE N'Y CHANGERAIT RIEN POUR EUX. ILS ONT DÉJÀ BIEN DU MAL AVEC LEURS PROPRES SENTIMENTS. JE CROIS QUE KATSUYA EST PLUS A MÊME D'AMADOUER SAYUKI. AH, ET PENDANT QUE J'Y PENSE. J'AI ÉTÉ TRÈS SURPRISE DE LA POPULARITÉ DE YUKAKO QUI POURTANT A ÉTÉ CRÉÉE POUR CONTRARIER NOS HÉROS. MOI QUI PENSAIS QU'ELLE AURAIT UNE MAUVAISE IMAGE. LES FANS QUI LA DESSINENT SONT NOMBREUX !

(¯v¯)

EN TANT QU'AUTEUR, VISUELLEMENT, C'EST MA PRÉFÉRÉE ! SES BOUCLES ET LE CÔTÉ NET DE SA COIFFURE, JE TROUVE ÇA TROP MIGNON ! MÊME SI LES BOUCLES ET LE CÔTÉ VAPOREUX SONT TRÈS DIFFICILES À DESSINER. ET MALGRÉ TOUT, MA PROCHAINE HÉROÏNE RESSEMBLERA BEAUCOUP À ÇA !

← À SUIVRE...

JE T'AIME !
TOUT CE QUI COMPTE POUR MOI...
... C'EST QUE TU VIENNES.

... TU SORS AVEC YÛSHI ?
は… AH...
HEIN ? QU'EST-CE QU'IL VIENT FAIRE LÀ, LUI ?
EH BIEN, DEMAIN, C'EST SON ANNIVERSAIRE.
TU TE SOUVIENS DE LA GRANDE FÊTE QU'ON AVAIT PASSÉE TOUS ENSEMBLE QUAND VOUS ÉTIEZ PETITS ?
SAYUKI ÉTAIT TOUJOURS ACCROCHÉE À SES BASQUES.
COMBIEN D'ANNÉES ÇA FAIT DÉJÀ ?
SALUT !
CLIC
OUAH !
MAIS ATTENDS, SAYUKI !!
MAIS QU'EST-CE QU'IL Y A, À LA FIN ?
JE N'EN AI RIEN À FAIRE !
J'AIME MON PROFESSEUR, ET DEMAIN, JE PASSE LA JOURNÉE AVEC LUI !
IL N'Y A PAS DE PLACE POUR YÛSHI DANS TOUT ÇA !
ALORS COMMENT OSE-T-IL ?!

AH BON ?
OÙ VAS-TU ? ET AVEC QUI ?
HUM, TU AS BIEN FAIT DE DEMANDER !
J'AI UN RENDEZ-VOUS AVEC MON COPAIN, VOILÀ !!
OÙ JE VAIS ? JE VAIS AVOIR LE PLAISIR DE LE DÉCOUVRIR !
JE SUIS SUPER EXCITÉE, J'AI TROP, TROP HÂTE !
HA HA HA HA HA HA
はっ はっ はっ はっ はっ はっ
À TEL POINT QUE JE ME DEMANDE CE QUE JE FERAI SI JE NE PEUX PAS DORMIR !
QU'EST-CE QU'ELLE A ?
ELLE FAIT PEUR...
UN PETIT COPAIN ?
MAIS ALORS, SAYUKI...

MURMURES 3

EN FAIT, LA FIN DE CE VOLUME MET PLUS EN SCÈNE YÛSHI QUE KATSUYA ! (RIRES) JE PENSE QUE C'ÉTAIT SON MOMENT À LUI.
MES ASSISTANTES DISENT TOUJOURS SUR MONSIEUR HAGIWARA : « QUEL ENJÔLEUR ! » ; « C'EST UN OBSÉDÉ ! » ; « QU'IL EST MÉCHANT ! ».
C'EST VRAI QU'IL DONNE L'IMPRESSION D'ÊTRE UN PEU TROP HABITUÉ AUX FEMMES.

(°ω°) IL EST PEUT-ÊTRE EFFECTIVEMENT COMME ÇA ! (HÉÉÉ !)

SOUVENIRS DE CHOCOLATE COSMOS 2

AU MATIN DE LA REMISE DES PLANCHES, J'AI MANGÉ DU POISSON, ET J'AI FAILLI MOURIR ÉTOUFFÉE À CAUSE D'UNE ARÊTE QUI M'EST RESTÉE EN TRAVERS DE LA GORGE.

MALGRÉ TOUS MES EFFORTS, IMPOSSIBLE DE DÉLOGER CETTE ARÊTE, ET J'AI BIEN CRU QUE J'ALLAIS MOURIR !

CES QUELQUES MINUTES MAUDITES ONT FAILLI SCELLER MON DESTIN. IMPOSSIBLE DE L'AVALER, ET EN PLUS, ELLE S'EST BIEN PLANTÉE DANS MA GORGE. SOYEZ DE BONS ENFANTS ! FAITES ATTENTION AUX ARÊTES DE DAURADES !

C'EST TOUT CE QUE JE TE DEMANDE.

JE T'AT-TENDRAI !

SAYUKI !
VIENS LE 5, S'IL TE PLAÎT !
N...
NON ! PAS QUES-TION !
VIENS, JE TE DIS !
C'EST TOI QUI M'AS DIT DE NE PAS VENIR, D'ABORD !

« JE NE VEUX PAS PARLER DE LUI. »
« JE NE VEUX MÊME PLUS LE VOIR ! »
JE ME SUIS DIT QUE PUISQUE YÛSHI ME DÉTESTAIT, ALORS MOI AUSSI, J'AL-LAIS LUI RENDRE LA PAREILLE.
SANS ÇA, JE NE L'AURAIS PAS SUP-PORTÉ.
PARCE QUE JE L'AIME...

J'AI L'AIR TROP NUUUUL...
TU AS FAIT TOMBER TA GOMME...
ÇA M'A DÉMOLI...
C'EST PAS DRÔLE ! JE VEUX PAS ENTENDRE TES HISTOIRES !
BAF
BAF
BAF
BAF
BAF
MAIS ARRÊTE !
ET LA TIMIDITÉ DES COLLÉGIENS, ALORS ?
SILENCE !!
MAIS ARRÊTE, CRÉTINE !
ÇA FAIT MAL !
TU ME DÉTESTES, HEIN ?
ALLEZ, DIS-LE !
TU N'AS PAS LE DROIT DE ME DIRE ÇA MAINTENANT !!

NON ! ATTENDS !!
COMMENT ÇA : TU M'AIMES ?!
ARRÊTE DE TE MOQUER DE MOI ! TU ES BÊTE OU QUOI ?
JE NE ME MOQUE PAS DE TOI !
C'EST ÉVIDENT À TON ATTITUDE QUE TU NE M'AIMES PAS DU TOUT !
OH, CAMEMBERT, HEIN ! JE T'AIME, C'EST TOUT !
ON ENFONCE LE CLOU...
AH OUI ? C'EST DES PREUVES D'AMOUR DE DÉMOLIR MES CONSTRUCTIONS EN CUBES, DE REFUSER DE ME DONNER DES GÂTEAUX, DE ME DIRE QUE JE SUIS MOCHE ET DE ME LAISSER COMME UNE IDIOTE QUAND JE RAMASSE TA GOMME ?
MA GOMME ?
OUI ! CE JOUR AU COLLÈGE QUAND TU AS FAIT TOMBER TA GOMME...
JE L'AI RAMASSÉE POUR TOI, ET TOI, TU M'AS IGNORÉE !!
HEIN ?
OUAAAH !!
TU TE SOUVENAIS DE ÇA ?
JE NE L'AI PAS FAIT TOMBER. JE TE L'AI LANCÉE.
TU AVAIS OUBLIÉ LA TIENNE ET ÇA SEMBLAIT HORRIBLEMENT TE GÊNER POUR PRENDRE LES COURS.
MAIS ELLE EST TOMBÉE À UN DRÔLE D'ENDROIT...

JE T'AIME.
VOILÀ !
ADIEU !
NE M'A-DRESSE PLUS JAMAIS LA PAROLE.

SI TU ME DÉTESTES VRAIMENT, ALORS JE NE T'ADRESSERAI PLUS JAMAIS LA PAROLE.
JE QUITTERAI MÊME L'ASSOCIATION.
JE FERAI TOUT CE QUE JE PEUX POUR NE PLUS INTERFÉRER DANS TA VIE.
ALORS, S'IL TE PLAÎT...
D'ACCORD.
JE VAIS ÊTRE CLAIR.

QUE J'Y PENSE...
... OU PAS...
... VU LA SITUATION, JE N'Y COMPRENDS RIEN DU TOUT !
LES GENS SONT SEULS...
... À CONNAÎTRE LEURS PROPRES SENTIMENTS...
... MAIS IL FAUT LES EXPRIMER !
DIS-LE CLAIREMENT !

...
はぁ。
PFFF
S'IL Y A QUELQU'UN QUI DOIT SOUPIRER ICI, C'EST PLUTÔT MOI !
TIENS DONC ?
BEN NE TE GÊNE PAS ALORS !
HÉ !
C'EST INUTILE !

« JE PRÉFÈRE NE PAS Y PENSER. » ?
BEN NON...
いや
MAIS SI, J'Y PENSE...
TAP
タッ
タッ
TAP
タッ
TAP
タッ
TAP
VLAM

6

MMMH... JE PENSAIS CONSACRER CES COLONNES AUX DERNIÈRES NOUVELLES, MAIS IL NE SE PASSE PAS GRAND-CHOSE DIGNE D'INTÉRÊT DANS MA VIE... SI NOUS PARLIONS DE CHOCOCOSMOS... JE L'AI DÉJÀ MENTIONNÉ DANS MURMURES 1, MAIS LE CONCOURS DE POPULARITÉ ENTRE MONSIEUR HAGIWARA ET YÛSHI S'EST TERMINÉ SUR UNE VICTOIRE ÉCRASANTE DU PROFESSEUR.

(¯ᵥ¯;)

INCONTESTABLEMENT, VOUS ÉTIEZ D'AVIS QUE : « SAYUKI DOIT FINIR AVEC SON PROFESSEUR ! » ENFIN, MÊME PARMI LES FANS DE YÛSHI, VOUS ÉTIEZ NOMBREUX À ME DIRE : « ON ADORE YÛSHI, MAIS IL VAUT MIEUX QUE SAYUKI CHOISISSE SON PROFESSEUR. » ÇA TOMBE BIEN ! C'EST AUSSI CE QUE JE PENSE. ATTENTION ! JE NE PRENDS PARTI NI POUR L'UN, NI POUR L'AUTRE. JE LES TROUVE CRAQUANTS TOUS LES DEUX.

← *À SUIVRE...*

INUTILE DE LE DIRE ! JE NE SERAIS JAMAIS VENUE POUR TOI, SALETÉ !!
AH, MAIS TU SAIS...
C'EST COMPLIQUÉ POUR YÛSHI AUSSI !
AH OUI ?! ET POURQUOI C'EST COMPLIQUÉ POUR LUI ?
DWOCK
COMMENCE À EN AVOIR ASSEZ DE CES DEUX-LÀ !
HUUUUUM...
...

HIRK !
AH, HA !
AH BEN ÇA ! ÇA TOMBE BIEN ALORS !
J'AVAIS JUSTEMENT À FAIRE CE JOUR-LÀ ! ♥
OUH HOU HOU HOU !
SUPER !
CLICK CLICK
GÉNIAL ! T'AVISE PAS DE TE POINTER !
MAIS C'EST QUI CE TYPE À LA FIN ?
EST-CE QU'IL EST HUMAIN AU MOINS ?
POUR-QUOI IL ME PARLE COMME ÇA ?

AH...
HUUUUUM...
TU AS DES PROJETS ?
ÇA A MARCHÉ ?
NAAAN ! TOI ET HAGI...
MAIS NON...
IMPOSSIBLE D'EN PARLER ! ON SORT ENSEMBLE EN SECRET !
NE VIENS PAS !
JE N'AI PAS ENVIE QUE TU SOIS LÀ POUR MON ANNIVERSAIRE !

RAPPELLE-TOI ! ON N'A PAS PU ALLER ASSISTER AU MATCH DE BASE-BALL.
DU COUP, JE ME DISAIS QUE POUR RATTRAPER ÇA, ON POUVAIT Y ALLER PENDANT LA GOLDEN WEEK !
COMME JUSTEMENT LE 5 MAI, C'EST L'ANNIVERSAIRE DE YÛSHI, ON S'EST DIT QU'ON POUVAIT EN PROFITER POUR CUMULER ! ★
LA PROPOSITION VIENT DE MOI !
AH MAIS OUI, C'EST BIENTÔT L'ANNIVERSAIRE DE YÛSHI...
N'OUBLIONS PAS QU'IL M'A FAIT UN CADEAU POUR LE MIEN, JE DEVRAIS LUI RENDRE LA PAREILLE...
MINUTE...
... LE 5 ?
« JE NE PEUX QUE LE 5. »
OH NON ! JE NE PEUX PAS !
SAYUKI ! TU ES LIBRE LE 5 ?

LA LA !
UN COIN UN PEU ÉLOIGNÉ... OÙ ÇA POURRAIT ÊTRE ? ♪
AH !
TE VOILÀ, SAYUKI !
BON-JOUUR !
SALUT !
G·W♥
YUKA-KO ?
QU'EST-CE QUE TU FAIS DANS NOTRE CLASSE ?
BON-JOUR...
YEAAH !
MAIS ENFIN ! JE SUIS LÀ POUR PARLER DE L'ASSOCE !

« ON FERAIT MIEUX D'ÉVITER DE SE MONTRER EN PLEIN JOUR. »
AH, OUI, C'EST CE QU'IL A DIT...
AH, MAIS OUI ! SI ON S'ÉLOIGNE, PERSONNE NE NOUS RECONNAÎTRA !
OH, MON DIIIEU !! ♥
OH, LÀ, LÀ !!
UN PREMIER RENDEZ-VOUS ! ÇA ME REND TROP NERVEUX ! ♥
KYAAH !
QU'EST-CE QUE JE VAIS BIEN POUVOIR METTRE ? ♥
...
M'ÉNERVE !

*NDT : SEMAINE QUASIMENT FÉRIÉE FIN AVRIL DÉBUT MAI

BON, JE RENTRE !
HÉÉÉ ! MAIS ATTENDS ! MINUTE ! DÉSOLÉ !
QUI AIME BIEN CHÂTIE BIEN, C'EST MA FAÇON D'ÊTRE !
HEIN ?!
MOI AUSSI, JE VOULAIS TE VOIR !

OH, MAIS...
CHECK
CHECK
ET EN PLUS, RÉFLÉCHIS ! ON EST À DEUX PAS...
... SI QUELQU'UN DE L'ÉCOLE NOUS VOYAIT...
ON FERAIT MIEUX D'ÉVITER DE SE MONTRER EN PLEIN JOUR SI PRÈS DU LYCÉE !
GNF
FRANCHEMENT, DE LA PART DE CELUI QUI A FAIT ÇA SUR LE QUAI DE LA GARE !
POUR LA PERSUASION, TU REPASSERAS !
COMMENT ÇA, « ÇA » ?
BEN ÇA, IDIOT !
あんなことよ。

*RECYCLABLES
TAP
TAP
TAP
CHOCO LATE COSMOS
KATSU...
JE NE VAIS PAS TE LE RÉPÉTER CENT SEPT FOIS !!
IL EST 22 HEURES !
C'EST DANGEREUX POUR UNE JEUNE FILLE DE SORTIR SEULE LE SOIR !

TU M'AVAIS L'AIR TELLEMENT DISSIPÉE PENDANT LE COURS, QUE J'AI EU ENVIE DE TE FAIRE UNE PETITE FRAYEUR...
AH HA, HA !
はははっ
...
C'ÉTAIT PAS UNE RAISON POUR ME DEMANDER DE LIRE !
CHOCO LATE COSMO
AAAAH ? COMME SI J'AVAIS BESOIN DE RAISON POUR ÇA !
PROFESSEUR, VOUS ÊTES DEHORS, LÀ ?
D'APRÈS LE BRUIT...
OUI, JE SUIS À LA SUPÉRETTE !
J'AVAIS UNE ENVIE TERRIBLE DE GLACE.
LAQUELLE PRENDRE...
LA SUPÉRETTE ? CELLE OÙ ON S'EST VUS LA DERNIÈRE FOIS ?
AH OUI...
... C'EST VRAI ÇA...
ATTENDS-MOI !!
BZT
...

5

ET PENDANT LE TRAITEMENT...

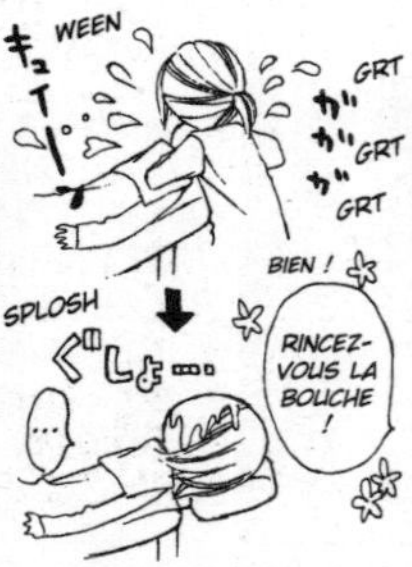

JE NE ME RAPPELAIS PAS QUE ÇA ÉCLABOUSSAIT AUTANT LE VISAGE CHEZ LE DENTISTE ! BON, CE N'ÉTAIT PAS SI DÉPLAISANT, HEIN ! AU DÉBUT, JE ME SUIS DIT : « OUAAAAAAH ! ÇA GICLE DANS TOUS LES SENS ! »

... ET ENSUITE, ÇA EN DEVENAIT TELLEMENT AMUSANT, QUE J'AI EU UN MAL FOU À NE PAS RIRE ! ET FINALEMENT...

C'ÉTAIT UNE ASSISTANTE TÊTE EN L'AIR ?

SAKURAI !
MOI ?
GTACK
OUI ?!
SMILE
WUP
OÙ ON EN ÉTAIT ?
FLP
FLP
HEIN ?
LIS-NOUS LA SUITE !
DÉSOLÉE, JE N'ÉCOUTAIS PAS ET...
PAGE 58, 10ÈME LIGNE !

OH, ET PUIS TANT PIS. IMPOSSIBLE DE M'EN SOUVENIR.
SON SEUL SOUVENIR DE LA VEILLE CONCERNE MONSIEUR HAGIWARA.
2-3
CE QUI COMPTE, C'EST QU'APRÈS, J'AI COURS AVEC MON MONSIEUR HAGIWARA ! ♥
LA LOI PL...
... EST LA CONTRACTION DE PRODUCT LIABILITY.
C'EST UNE LOI QUI PORTE SUR LA CONSOMMATION ET LA DATE DE...
LES ENTREPRISES QUI PRODUISENT DES PRODUITS DÉFECTUEUX...
OH ! IL EST TOUJOURS AUSSI BEAU... ♥
NOUS DEUX, C'EST NOTRE SECRET RIEN QU'À NOUS !! ♥
AUX ANGES
D'ACCORD... J'EN AI PARLÉ À MINA ET AUX AUTRES, MAIS SINON...
STOP ! SI JE LE FIXE COMME ÇA, ON VA FINIR PAR ME REMARQUER.

MAIS LÀ OÙ IL A PASSÉ LES BORNES, C'EST AU COLLÈGE !
...
J'AI RAMASSÉ LA GOMME QU'IL A FAIT TOMBER PAR TERRE, ET LUI, IL M'A ZAPPÉE !!
ABSURDE...
DING DOONG
RIEN QUE DE ME SOUVENIR DE SON AIR DE « PAS QUESTION DE TOUCHER CE QUE TU AS ATTRAPÉ », ÇA M'ÉNEEEEERVE !!
DING DOONG
LES COURS RECOMMENCENT...
は っ
OUAH !
AH TIENS ?
C'EST VRAI, ÇA ! QU'EST-CE QU'IL ME DISAIT HIER ?
MOUUH...
...

...
YÛSHI ME DÉTESTE !
C'EST TOUT LE CONTRAIRE !
JE NE VOIS VRAIMENT PAS CE QUI TE FAIT CROIRE ÇA.
あなたこそが。*
*JE TE RETOURNE LA QUESTION...
QU'EST-CE QUE TU RACONTES, MINA ?
ÇA VA BIEN DANS TA TÊTE ?
ET D'OÙ TU TIRES ÇAAAAA ?!
C'EST COMME ÇA DEPUIS QU'ON EST TOUT PETIT !
IL ME REJETTE DE TOUT SON CORPS ! IL M'ÉNERVE TROP !
SI JE COMMENCE, JE NE M'ARRÊTERAI PLUS.
T'EN AURAS PAS !
À REFUSER DE PARTAGER SES BISCUITS AVEC MOI.
À DÉMOLIR MES CONSTRUCTIONS DE CUBES !
VLAN !
TROP MOCHE !
À ME BALANCER QUE MES VÊTEMENTS FAVORIS ÉTAIENT MOCHES !

OUI ENFIN DU COUP…
MAINTE-NANT QUE TOUT S'EST ARRANGÉ ENTRE VOUS…
YÛSHI VA AVOIR UNE SACRÉE DÉCEPTION AMOUREU-SE !
LE PAUVRE !
HEIN ?
QU'EST-CE QU'IL VIENT FAIRE LÀ, LUI ?
OUAH !
はっ
MINA ! IDIOTE !
OH ALLEZ ! TOI AUSSI, SAYUKI ! TU DOIS AVOIR REMARQUÉ, NON ?
IL EST AMOUREUX DE TOI, ÇA CRÈVE LES YEUX !
LE CON-TRAIRE SERAIT VRAI-MENT ÉTON-NANT !

4

EN CE MOMENT, JE VAIS CHEZ LE DENTISTE. CELA FAISAIT DES ANNÉES QUE JE SAVAIS QUE J'AVAIS DES CARIES, ALORS JE ME SUIS ENFIN DÉCIDÉE À RÉGLER CE PROBLÈME... N'ALLEZ PAS VOUS IMAGINER QUE J'AI PEUR DU DENTISTE, HEIN ! EN FAIT, J'AIME PLUTÔT. L'ODEUR, ET LA CHAISE. JE SAIS QUE VOUS ALLEZ ME PRENDRE POUR UNE DRÔLE DE FILLE. LA FOIS DERNIÈRE, LA DENTISTE (OU ASSISTANTE DENTAIRE ?) QUI ME SOIGNAIT AVAIT EXACTEMENT LA VOIX DE YÛKORIN (PERSONNAGE DE MANGA), C'ÉTAIT TROOOP MIGNON !

(๑´▽`๑)✧

MAIS APPAREMMENT, C'ÉTAIT UNE NOUVELLE...

MAIS ARRÊTEZ DE ME FAIRE DES FRAYEURS...

(°□°ll)

COMME ÇA...

*FRAISE

MURMURES 2

LA VRAIE NATURE DE HAGI EST ENFIN DEVENUE ÉVIDENTE. EH OUI, IL EST COMME ÇA ! UN VRAI SADIQUE ! LE DESSINER AU MOMENT OÙ IL TOMBE ENFIN LE MASQUE A ÉTÉ BEAUCOUP PLUS FACILE !

JE ME DEMANDE SI LA TOUTE FIN DE CE VOLUME EST COHÉRENTE AVEC LA CONCLUSION DE CETTE HISTOIRE ? J'AI ÉTÉ HEUREUSE DE M'ENTENDRE DIRE PAR TOUT LE MONDE : « ÇA POURRAIT CONTINUER ENCORE UN PEU... », MAIS FINIR AINSI AU COMBLE DU SUSPENSE A ÉTÉ À MON AVIS UNE BONNE DÉCISION. (´ω`)✧

SOUVENIRS DE CHOCOLATE COSMOS 1

C'ÉTAIT LA PREMIÈRE FOIS QUE J'ÉTAIS À CE POINT BOULEVERSÉE PAR UN CHANGEMENT DE RESPONSABLE, ET ÇA M'A MARQUÉE. (°_°;) ELLE ÉTAIT TOUJOURS LÀ POUR ME SOUTENIR DANS LES PIRES MOMENTS CE QUI FAIT QUE J'ÉTAIS PARTICULIÈREMENT TRISTE. C'ÉTAIT LA PREMIÈRE FOIS QU'UNE FEMME S'OCCUPAIT DE MOI.

GTA
GTACK
ガタン
ガタン
GTACK
... MARRE ...
JE VAIS LE TUER !

BANG

DANS CE CAS...
... JE NE TE LAISSERAI PLUS M'ÉCHAPPER !

C'EST CE QUE JE VEUX !

ALORS, SAKURAI ? EST-CE QUE TU M'AIMES VRAIMENT ?
?!
SI ON DÉCIDE D'ÊTRE ENSEMBLE, PAS QUES-TION DE LE FAIRE OFFICIELLE-MENT.
QUAND JE SERAI PRIS PAR MON TRA-VAIL, JE NE POURRAI PAS M'OC-CUPER DE TOI.
JE SUIS TRÈS POSSESSIF. PAS QUESTION QUE TU REGARDES D'AUTRES GARÇONS. ÇA N'A PAS VRAIMENT L'AIR TRÈS AMUSANT, HEIN ?
ET MALGRÉ TOUT, TU VEUX TOU-JOURS ÊTRE MA PETITE AMIE ?
しゃあしゃあ。
MOUAIS
MOUAIS...
...
PEU...
... IM-PORTE...
... TOUT ÇA...

« ... CE QUE C'EST QUE DE SIM-PLEMENT AIMER UNE PERSONNE...
« ... ET DE JUSTE VOULOIR ÊTRE AVEC ELLE. »

« POUR-QUOI CETTE QUESTION SI SOUDAINE-MENT ? »
« OUH, HOU !
« C'EST JUSTE QUE…
<< EN Y REPEN-SANT, JE ME DIS QUE SORTIR AVEC UN ÉLÈVE, C'EST UNE SITUATION QUI NE PEUT RIEN APPORTER DE BON…
« … NI POUR LE PROFES-SEUR…
« … NI POUR L'ÉLÈVE. »
« TU AS BIEN MÛRI, HAGIWARA.
« MAIS DEVENIR ADULTE T'A-T-IL FAIT OUBLIER ?
« LE HAGIWARA QUI ME DISAIT : « JE VOUS AIME »…
MADAME !!
« … NE PENSAIT SÛREMENT PAS AINSI !
« J'IGNORE QUAND CE SENTIMENT S'EST ÉTEINT EN MOI…
« … MAIS TOI, N'OUBLIE JAMAIS…

AUTRE-FOIS...
... ELLE A ÉTÉ L'OBJET DE MON AFFECTION...
JE DEVAIS ABSOLUMENT LUI POSER UNE QUESTION.
« POUR-QUOI...
« ... AVOIR ACCEPTÉ DE SORTIR AVEC MOI, À L'ÉPOQUE ? »

PARDONNE-MOI D'AVOIR ROMPU MA PROME…
PAS QUESTION !
JE NE VOUS PARDONNERAI PAS TANT QUE VOUS NE M'AUREZ PAS TOUT DIT !
AUJOURD'HUI, C'ÉTAIT NOTRE SEULE OCCASION DE NOUS VOIR.
ELLE EST MARIÉE ET ELLE HABITE DANS UN AUTRE DÉPARTEMENT.
IMPOSSIBLE DE SAVOIR QUAND ELLE POURRAIT REPASSER ICI, ALORS…

VOUS N'ÊTES PAS AVEC LA SŒUR DE YUKAKO, VOTRE ANCIENNE PROF PRINCIPALE ?
MOUUF
OUH...
... JE TE TROUVE BIEN DÉSAGRÉABLE...
AH OUI ? C'EST MOI QUI SUIS DÉSAGRÉABLE ?
QUI C'EST QUI A MANQUÉ À SA PROMESSE ?
ÇA A ÉTÉ RAPIDE !
VOUS N'AVIEZ PAS PLUS À VOUS RACONTER ?
ON M'A DIT QUE TU VENAIS JUSTE DE PARTIR AVEC YÛSHI...
JE VIENS DE LES RACCOMPAGNER CHEZ EUX.
NON, ÇA N'AURAIT PAS ÉTÉ BIEN POUR LE PETIT QUE JE MONOPOLISE TROP LONGTEMPS L'ATTENTION DE SA MÈRE.

MONSIEUR HAGIWARA...
GTACK
ガタン
GTACK
ガタン
GTACK
ガタン
QU'EST-CE...
GTACK
ガタン
... QUE VOUS FAITES LÀ ?

QU'EST-CE QUE...
... ÇA SIGNIFIE ?!
... YÛ-SHI...
LE TRAIN VA PAR-TIR...
... ATTEN-TION À LA FERMETURE DES PORTES.
YÛ...

KEEEN
ASAMI !
VOUS ÊTES EN GARE DE ASAMI.
VEUILLEZ FAIRE ATTENTION EN DESCEN-DANT DU TRAIN.

JE N'AI
JAMAIS
PENSÉ...
... QUE
ÇA NE ME
REGARDAIT
PAS !
FOUAH
35B
JR

... ÇA ME FAIT PLAISIR !
PFFF...
CONTENTE DE VOIR QUE MON MALHEUR T'AMUSE !
MAIS NON !! C'EST PAS QUE ÇA ME FASSE VRAIMENT PLAI-SIR..
... JE SUIS PLUTÔT SOULA-GÉ, EN FAIT !
SOU-LAGÉ ? JE NE VOIS PAS EN QUOI !
CE QUI SE PASSE ENTRE MONSIEUR HAGIWARA ET MOI NE TE REGARDE PAS, D'ABORD !
Ô QUE SI !

3

À LA FIN DE CE TOME, J'AI L'INTENTION DE DESSINER DES PLANCHES ORIGINALES, MÊME SI CE N'EST QUE DU NOIR ET BLANC ! J'AI DÉCIDÉ, SANS CONSULTER MA RÉDACTION (RIRES) DE FAIRE UNE OPÉRATION SPÉCIALE CADEAU POUR LES LECTEURS. N'HÉSITEZ SURTOUT PAS À PARTICIPER ! JE VAIS FAIRE EN SORTE QUE TOUS LES PARTICIPANTS GAGNENT UN PETIT QUELQUE CHOSE, ALORS J'ENCOURAGE CEUX QUI SE DISENT : « JE NE GAGNE JAMAIS ! » À TENTER LEUR CHANCE ! ... OUI, ENFIN, C'EST UN PROJET TOTALEMENT INDÉPENDANT, ALORS CE SERONT DE TRÈS PETITS CADEAUX. NE VOUS ATTENDEZ PAS À DES MERVEILLES NON PLUS ! (-,-;)

POUR PLUS DE DÉTAILS, RENDEZ-VOUS EN FIN DE VOLUME !

SAYUKI ! CALME-TOI !
C'EST DU PASSÉ TOUT ÇA ! ELLE EST MARIÉE, MAINTENANT !
ELLE AIME SON MARI ET SON FILS PLUS QUE TOUT AU MONDE !
C'EST PAS ÇA LE PROBLÈME ! ÇA M'EST ÉGAL DE SAVOIR QUI IL VOIT !
ARRÊTE DE ME PLANTER LÀ À CHAQUE FOIS !!
ÇA N'A PLUS AUCUNE IMPORTANCE.
PLUS QUE ÇA...
... CE QUI ME CHAGRINE...
... C'EST QU'AUJOURD'HUI, IL A PRÉFÉRÉ ALLER EN VOIR UNE AUTRE...
... PLUTÔT QUE DE TENIR SA PROMESSE.

MAIS NON ! DÈS LE DÉPART, IL ÉTAIT PRÉVU QU'ILS SE VOIENT AVEC MON NEVEU.
MAIS IL EST TIMIDE AVEC LES INCONNUS ET IL A COMMENCÉ À PLEURER. DU COUP, JE SUIS VENUE M'OCCUPER DE LUI.
ALORS LÀ, C'EST LOUCHE !
BON, PRENEZ VOTRE TEMPS !
OUH OUIN
CE NE SERAIT PAS LE FILS DE MONSIEUR HAGIWARA ?!
AH ! TOI AUSSI TU Y AS PENSÉ ?
MOI AUSSI, MAIS C'ÉTAIT SI DIFFICILE À ABORDER COMME QUESTION...
OUI, MAIS ÇA VIENT TOUT DE SUITE À L'ESPRIT, NON ?
OUI, HEIN ?
EN PLUS, QU'EST-CE QU'ELLE FAIT AVEC CES PHOTOS DE TOUTE ÉVIDENCE PRISES HORS DE L'ÉCOLE ? DU GENRE : « AH, HAAAA ! ».
OH, ÇA VA, HEEEEEIN !! (PLEURS)
DASH
SAYUKI !

DEVINEZ QUOI ? C'ÉTAIT SA PROF PRINCIPALE QUAND IL ÉTAIT LYCÉEN ! ♥
BON, MAINTENANT, ELLE EST MARIÉE ET ELLE A QUITTÉ LE TRAVAIL...
QUAND JE LUI AI PARLÉ DE MONSIEUR HAGIWARA, ÇA LUI A RAPPELÉ DE BONS SOUVENIRS ET ELLE A TENU À LE REVOIR.
TU SAIS, À LA RÉUNION DES TROISIÈMES ANNÉES...
... LES PROFS NOUS ONT FAIT UN SHOW AFFLIGEANT...
... LE SEUL À S'EN TIRER PARCE QU'IL EST JEUNE ET COOL, C'EST M'SIEUR HAGIWARA...
AH BON ? TU LE CONNAIS ?
J'AI JUSTE SERVI D'INTERMÉDIAIRE ENTRE EUX.
ALORS ...
... LA PHOTO DANS SON PORTABLE, ELLE L'A EUE DE SA SŒUR ?
C'ÉTAIT DONC ÇA ?
QUE JE SUIS BÊTE ! YUKAKO ET MONSIEUR HAGIWARA NE POUVAIENT PAS SORTIR ENSEMBLE...
OUAIS, ENFIN...
N'IMPORTE QUOI CES HISTOIRES DE PROF PRINCIPAL. ILS VOULAIENT SE REVOIR JUSTE TOUS LES DEUX, C'EST TOUT !

Là, c'est une photo de classe.
M'sieur Hagi en première année de lycée.
Pendant la fête du sport.
Pendant le festival de l'école.
Ah ha ha !
Il n'a pas changé d'un poiiil !
Oh là là ! Avec lui dans la classe, je serais tombée raide dingue de lui !
D'ailleurs maintenant aussi, s'il n'était pas professeur...
Ah ben ça...
Et...
Et ces photos ?
Elles sont à ma sœur !
Qu'est-ce qu'elle fait avec ?

… EN CE MOMENT, MONSIEUR HAGIWARA EST AVEC ELLE.
AAAH ! VOUS ÊTES PERDUS, C'EST ÇA ? VOUS N'AVEZ PAS SUIVI…
JE SAIS CE QUE VOUS RESSENTEZ.
J'IMAGINE QUE LA SÉANCE D'ÉTUDE DU BASE-BALL A ÉTÉ ANNULÉE ?
DANS CE CAS, SI ON ALLAIT CHEZ MOI ?
JE VAIS TOUT VOUS EXPLIQUER.

ZWIP
DE QUOI ?
JE NE SUIS PAS FOLLE... TOUT À L'HEURE...
QUAND JE LUI AI TÉLÉPHONÉ, J'AI ENTENDU TA VOIX...
ET DONC...
PAS SI VITE ! SI TU CROIS ME TROMPER SI FACILEMENT !
AVOUE ! TU ES HAGIWARA !
TU RAJEUNIS, EN MANGEANT DES SUCRERIES ET TU TE FAIS PASSER POUR PLUS JEUNE, HEIN, ESCROC !!
J'AI VU ÇA À LA TÉLÉ, IL Y A LONGTEMPS !
STUPIDE !!
ARRÊTE ! TU ME FAIS HONTE !
COMMENT ÇA, JE TE FAIS HONTE ? QU'EST-CE QUE TU VEUX DIRE ?
...
EXACTEMENT CE QUE J'AI DIT ! CRÉTIN !
CE N'EST PAS NOTRE PROF, MAIS MON NEVEU !
LE FILS DE MA GRANDE SŒUR.
JE CROIS QU'IL Y A UN MALENTENDU, LÀ...
LUI, CE N'EST PAS MONSIEUR HAGIWARA.
ON LE SAIT, ÇA !!
ET...

QUI C'EST CELUI-LÀ ?
AEEEEEEEEEEHM...
IL N'EST PAS LÀ ?
OH, LUI ?
TU VEUX PARLER DE MONSIEUR HAGIWARA ?

VLAN
BONJOU...
VOUS SEREZ DEUX ?
JE CHERCHE UN HOMME SUPER SÉDUISANT, ET UNE FILLE AUX CHEVEUX NOIRS ET ONDULÉS...
... OÙ SONT-ILS ?!
... QUOI ?!
GTACK
HEEEIN ?!
... ET YÛSHI ?
SAYUKI ?
YUKAKO !!
J'AI DEUX MOTS À DIRE À MONSIEUR HA...

BLIF
APPAREMMENT, IL EST DANS UN RESTAURANT FAMILIAL DEVANT LA GARE DE ASAMI !
CLING
À L'ATTAAAAQUE !
DASH
HÉ ! MAIS ATT…
TU NE VAS PAS ME PLANTER LÀ !!
ET… ET LE BASEBALL ?
BON, SI ON RENTRAIT ?
ALORS LÀ, PAS QUESTION DE ME RÉSIGNER !
サイゼリア
in
Saizeria

2

AH ! ENCORE UNE CHOSE. JE PENSE QUE VOUS VOUS EN ÊTES DÉJÀ APERÇUS, MAIS CETTE FOIS-CI, CE VOLUME COMPORTE UN CHAPITRE SPÉCIAL EN COULEUR.
LES PLANCHES EN COULEUR ONT ÉTÉ DESSINÉES POUR LE MAGAZINE HANA TO YUME, PAR CONTRE, LE SUPPLÉMENT MANGA A ÉTÉ CRÉÉ SPÉCIALEMENT POUR CE LIVRE. J'AI PASSÉ UN TEMPS FOU DESSUS, ET POURTANT LE RÉSULTAT N'EN DONNE PAS L'IMPRESSION.
C'EST BIEN TRISTE...
... MAIS BON, JE ME SUIS BEAUCOUP AMUSÉE À DESSINER YÛSHI ET SAYUKI EN PETITS BOUTS. JE ME SUIS IMAGINÉ QUANTITÉ DE CHOSES SUR EUX. « YÛSHI DEVAIT COURIR TRÈS VITE. NE ME DEMANDEZ PAS POURQUOI, ÇA DEVAIT LUI APPORTER UN GROS SUCCÈS AUPRÈS DES FILLES. » OU : « C'ÉTAIT SA GRANDE ÉPOQUE DE SÉDUCTEUR. » ET ENCORE : « ET APRÈS, ÇA A ÉTÉ LA LENTE DÉCHÉANCE... » C'EST BIZARRE, MAIS JE N'EN AVAIS QUE POUR LUI !
(°□°)

SI SAYUKI EST SI COMPLIQUÉE, C'EST PEUT-ÊTRE À CAUSE DE LUI, QUI SAIT ?

COMMENT A-T-IL PU MANQUER À SA PROMESSE EN ALLANT VOIR UNE AUTRE FILLE ?! QUEL SALE TYPE !!
HEIN ?
TU AS RAISON, SAYUKI !
C'EST UN AFFREUX SALE TYPE TROP ÉNER-VANT !
SALETÉ !
ÇA NE SE PASSERA PAS COMME ÇA ! JE DOIS LUI DIRE EN FACE CE QUE JE PENSE DE LUI !
VAS-Y ! DIS-LUI ! C'EST QU'UN « SALE VIEUX TYPE TROP ÉNER-VANT » !

1

DÉJÀ LE QUATRIÈME TOME DE CHOCO-COSMOS !

BONJOUR OU BONSOIR ! C'EST NANA HARUTA. CHOCOCOSMOS 4 EST SORTI SI RAPIDEMENT ! JE SAIS... VOUS N'AVEZ PAS BESOIN DE ME LE DIRE, JE SAIS CE QUE VOUS PENSEZ. CE VOLUME EST SI FIN ... MAIS CETTE HISTOIRE S'EST TERMINÉE SUR UN NOMBRE DE CHAPITRES UN PEU ÉTRANGE. J'AI BEAUCOUP PARLEMENTÉ POUR OBTENIR UNE BAISSE DE PRIX, MAIS PEINE PERDUE (-_-;)

LA SEULE FAÇON POUR MOI DE ME RATTRAPER EST DE BIEN REMPLIR LES DERNIÈRES PAGES BLANCHES QUI ME RESTENT. JE VAIS DESSINER D'ARRACHE-PIED !

JE SAIS QUI C'EST. JE L'AI ENTENDUE AU TÉLÉPHONE.
VOUS ÊTES AVEC YUKAKO.
VOUS AVEZ DIT QUE C'ÉTAIT UNE "AFFAIRE QUE VOUS NE POUVIEZ PAS REMETTRE À DEMAIN"...
... C'ÉTAIT POUR LA RETROUVER, ELLE.
JE COMPRENDS.
VOUS ÊTES LIBRE DE VOIR QUI VOUS VOULEZ.
QUI SUIS-JE POUR VOUS CRITIQUER AINSI...
... SOUS PRÉTEXTE UE JE VOUS AIME À LA FOLIE ?

MURMURES 1

IL Y A ENCORE PEU DE TEMPS, VOUS ÉTIEZ PARTAGÉS ENTRE YÛSHI ET MONSIEUR HAGIWARA, MAIS À PRÉSENT, MONSIEUR HAGIWARA REMPORTE TOUS VOS SUFFRAGES. À PRESQUE 9 CONTRE 1.
AH OUI, AU FAIT...
JE N'AI MALHEUREUSEMENT PAS EU L'OCCASION DE DESSINER LA GRANDE SŒUR DE YUKAKO, MAIS SACHEZ QU'ELLES SE RESSEMBLENT COMME DEUX GOUTTES D'EAU.

Chocolate
Cosmos 4

Présentation des personnages :

Katsuya Hagiwara
Professeur d'EMT et bourreau des cœurs.

Yukako Komura
Troisième année dont la relation avec Monsieur Hagiwara est très trouble…

← **Katsuya au naturel**

Sayuki Sakurai
C'est l'héroïne. Elle est amoureuse du professeur Katsuya Hagiwara mais, en général, elle déteste les enseignants.

Takayuki Kaji
Beau garçon très "nature" et ami de Sayuki.

Shiori Harada
Amie de Sayuki. D'un tempérament très calme, c'est une dévoreuse de livres.

Mina Nomura
Amie de Sayuki. D'un tempérament très gai, elle a un faible pour les beaux garçons.

Yûshi Mutô
Ami d'enfance de Sayuki. Il a un fort béguin pour elle.

Introduction

La fantasque **Sayuki** désespère de trouver l'amour. Une rencontre romantique sur la plage et la voici conquise… jusqu'à ce qu'elle découvre que son prince charmant n'est autre que son professeur ! Dès lors, elle n'a qu'un but : se faire remarquer. Après un baiser et quelques échanges prometteurs, M. **Hagiwara** fait machine arrière : un enseignant ne doit ni favoriser une élève ni sortir avec elle ! Sayuki, qui lui a fait sa déclaration sans savoir qu'il y avait un témoin, devient alors la risée du lycée. Mais son ex-ami d'enfance, **Yûshi**, qui est fou amoureux d'elle, en profite pour se faire passer pour son petit ami et lui sauve ainsi la mise. Pourtant, entre comédie et réalité, la frontière est parfois bien fine… car M. Hagiwara exprime pour la première fois de la jalousie. Alors que la nouvelle année scolaire débute, l'arrivée dans l'association d'une élève très étrange de troisième année sème la pagaille. Sayuki voit en elle une rivale directe, peut-être même l'ex-petite amie de M. Hagiwara…

NANA HARUTA

Chocolate Cosmos

4